D0647192

CHAPEAU, MARIE-P !

Catalogage avant publication de Bibliothèque et Archives nationales du Québec
et Bibliothèque et Archives Canada

Latulippe, Martine, 1971-

    Chapeau, Marie-P!

    (Les aventures de Marie-P; 1)
    Pour enfants de 7 ans et plus.

    ISBN 978-2-89591-058-9

    I. Boulanger, Fabrice. II. Titre.

PS8573.A781C52 2008   jC843'.54   C2008-940016-X
PS9573.A781C52 2008

Correction et révision : Annie Pronovost

Tous droits réservés
Dépôts légaux : 3e trimestre 2008
Bibliothèque et Archives nationales du Québec
Bibliothèque et Archives Canada
ISBN 978-2-89591-058-9

© 2008 Les éditions FouLire inc.
4339, rue des Bécassines
Québec (Québec) G1G 1V5
CANADA
Téléphone : 418 628-4029
Sans frais depuis l'Amérique du Nord : 1 877 628-4029
Télécopie : 418 628-4801
info@foulire.com

Les éditions FouLire reconnaissent l'aide financière du gouvernement du Canada
par l'entremise du Programme d'aide au développement de l'industrie de l'édition
(PADIÉ) pour leurs activités d'édition. Elles remercient la Société de développement
des entreprises culturelles du Québec (SODEC) pour son aide à l'édition et à la
promotion.

Gouvernement du Québec – Programme de crédit d'impôt pour l'édition de livres –
gestion SODEC.

Les éditions FouLire remercient également le Conseil des Arts du Canada de l'aide
accordée à leur programme de publication.

CHAPEAU, MARIE-P!

MARTINE LATULIPPE

Illustrations : Fabrice Boulanger

À Mélina, qui peut maintenant
lire mes romans...

MARIE-P TE PROPOSE UNE MISSION!

Développe tes qualités d'observation pour devenir détective, comme Marie-P! Cinq lettres mystérieuses se sont glissées dans certaines illustrations du roman marquées d'une loupe 🔍. Cherche ces lettres, qui n'ont pas leur place dans le décor! Une fois que tu les auras toutes trouvées, remets-les en ordre pour former un mot. Ce mot te donnera un indice pour aider Marie-P à résoudre le mystère de cette enquête.

Note les lettres et vérifie ta réponse en participant au jeu « Mon enquête ! », sur www.mariepdetective.ca.

1
UNE DÉCOUVERTE

Cher NB...

Tu permets que je t'appelle NB? Ne t'en fais pas, je pose la question par pure politesse, je sais bien que tu ne me répondras pas, puisque tu n'es qu'un carnet. J'ai vu ton nom sur ta jolie couverture bleue: Nota Bene. Mais, entre nous, je préfère NB. C'est plus chaleureux, plus intime.

Je disais donc: cher NB, moi, je m'appelle Marie-P Paré. Pourquoi Marie-P, te demandes-tu? Attends, je te raconte.

Quand je suis née, mes parents avaient déjà un garçon : Victor-Étienne. À la naissance de mon frère, ils n'arrivaient pas à s'entendre sur un seul prénom. Maman tenait à Victor, papa ne renonçait pas à Étienne, les deux ont été jumelés. Au moment de choisir mon prénom, ils ont décidé de répéter l'expérience et de choisir chacun leur moitié. Ma mère a proposé Marie. Mon père, après avoir beaucoup réfléchi, paraît-il (je sais, j'ai moi-même du mal à le croire), a fini par lancer, un peu à la blague :

– Regarde comme ses yeux brillent... De véritables paillettes ! Mais oui... Paillette ! Que dirais-tu de Paillette ? Marie-Paillette ?

Ma mère a hésité. Il paraît même qu'elle a réfléchi à son tour. Elle a souri.

– C'est charmant.

– C'est mignon, a ajouté papa.

– C'est original, a souligné maman.

– C'est même… brillant! s'est exclamé mon père, fier de son jeu de mots.

Franchement!
Moi, Marie-P, je trouve qu'ils auraient dû réfléchir plus longtemps, mes parents!

Quoi? Tu te demandes ce que c'est, exactement, une paillette, NB? Voilà:

PAILLETTE n.f. – 1304; diminutif de paille **1** Lamelle de métal brillant (de nacre, de plastique) que l'on peut coudre à un tissu. « *Robe de paillettes* », « *un voile d'un bleu pâle semé de paillettes argentées* » *Vigny.* **2** (1536) Parcelle d'or qui se trouve dans des sables aurifères. *Extraire des paillettes d'or* (**orpailleur**). **Petit Robert**

C'est mon nom.

Marie-Paillette Paré.

Tu comprends pourquoi je me fais appeler Marie-P?

À mon dernier anniversaire, je t'ai reçu : un calepin joli comme tout, à la couverture bleue. J'ai dit : « Vous avez vu, il s'appelle Nota Bène ! » Mon grand frère, toujours aussi charmant, s'est tordu de rire sur le plancher. Mon père, lui, m'a gentiment expliqué qu'il faut prononcer « Béné ». Nota Béné. Ce qui signifie, en latin, « Notez bien ». Mais j'aime vraiment mieux t'appeler NB. Dès que je t'ai vu, j'ai eu envie de te conter ma vie, de couvrir d'aventures tes pages blanches. J'ai longuement réfléchi à la question. Laquelle de mes aventures allais-je te raconter ? J'y ai pensé une heure. Une demi-journée. Un jour entier. Puis, j'ai dû l'admettre : je ne vis aucune véritable aventure dans mon existence ! Pauvre Marie-P, te dis-tu, NB ? Tu as bien raison. Parfois, je joue avec des amis ; souvent, je passe du temps avec mes parents ; presque toujours, je vais à l'école ou je me dispute avec mon frère, Victor-Étienne. Que pourrait-il m'arriver de mystérieux? D'inusité? D'inquiétant? Rien. Une seule solution, NB: provoquer les choses. C'est ce que j'ai fait. Pas plus tard que ce soir.

Ce soir, donc, j'ai attendu qu'il fasse un peu noir. C'est plus inquiétant ainsi. Je me suis assurée que tout le monde était occupé: papa faisait la vaisselle, maman était au téléphone et Victor-Étienne regardait la télévision. Ensuite, j'ai pris une lampe de poche et je suis montée directement au grenier, l'endroit le plus inspirant de la maison.

De toute façon, est-ce que mon cher frère fait autre chose, parfois, que regarder la télévision?

Je le précise tout de suite, NB: je déteste le grenier. Je n'y vais pas – à moins qu'on me menace, ce qui n'est jamais arrivé. Conclusion: je ne vais jamais au grenier. C'est noir. C'est humide. C'est poussiéreux. Il y a plein de toiles d'araignée, de boîtes empilées et pas d'électricité. En plus, les murs sont couverts de laine minérale piquante. Un endroit attirant, n'est-ce pas? Mais bon, si je reste assise dans ma chambre, sur mon couvre-lit fleuri, il ne risque pas de m'arriver des aventures exaltantes, pas vrai? Je voulais provoquer les choses, il me fallait un endroit dangereux. Enfin, *un peu* dangereux. J'ai choisi le grenier. Je te raconte...

2
MA VISITE AU GRENIER

20 H 30

L es jambes tremblotantes comme un bol de Jell-O (le rouge, bien sûr, celui que je préfère), je monte le fragile escalier qui mène au grenier. Je pousse la lourde porte de bois. Elle s'ouvre en gémissant. J'hésite. Je prends une grande inspiration, je promène le faisceau de la lampe de poche dans la pièce, j'entre. Voilà. Je suis dans le grenier.

20 H 45

Quinze minutes que je suis sur le pas de la porte à regarder la pièce. Rien ne bouge... Ouf! Heureusement! Autour de moi, des boîtes sont empilées, des tissus informes gisent sur le plancher, des portemanteaux chargés se découpent ici et là dans ce bric-à-brac. Je me décide enfin à faire quelques pas. Je fouille une éternité dans les boîtes les plus près de moi. Au moins une ou deux minutes. Il me semble que j'entends des bruits étranges. Il me semble que des toiles d'araignée n'arrêtent pas de me frôler la nuque. Il me semble que je devrais partir d'ici en courant à toute vitesse! Mais je pense à toi, NB. Il ne m'est encore rien arrivé de mystérieux ou d'inquiétant, alors je dois persévérer, si je veux avoir quelque chose à te raconter.

20H 53

J'ai l'impression d'être dans le grenier depuis des jours et des jours. Je n'aurais jamais cru que quelques minutes pouvaient paraître si longues, NB, je l'avoue. Mon cœur bat à tout rompre. Mes mains tremblent. J'ai l'estomac tellement serré à cause de l'inquiétude que je ne pourrai plus jamais manger, je crois. Décidément, je n'aime pas cet endroit. Et il ne m'y arrive rien de vraiment inquiétant, alors mieux vaut m'en aller. Je tourne les talons, donne au passage un petit coup de pied dans quelques couvertures en boule sur le sol. De la poussière s'en échappe. Atchoum ! Elle me fait éternuer. Atchoum, atchoum ! Éternuer et éternuer encore. Atchoum, atchoum, atchoum ! Les yeux fermés à cause de mes éternuements, je ne vois plus où je vais. Et VLAN ! Je fonce de plein fouet dans un portemanteau. Un vieux châle de laine me tombe sur la tête. Je sursaute et

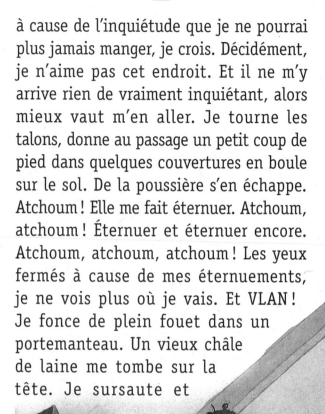

pousse un petit cri d'effroi. J'ouvre les yeux et fais un mouvement vif pour me débarrasser du châle. J'agite mon bras trop brusquement et… VLAN! Mon poing frappe le portemanteau de bois. Ouille!

Je finis par retrouver mon calme et reprendre mon souffle. Mon cœur bat terriblement vite. Je dois aller noter mon aventure dans tes pages, NB! Sauf que… en y pensant bien, en essayant de résumer l'affaire dans ma tête, je ne trouve rien d'autre que : j'étais dans le grenier, j'ai éternué, j'ai foncé dans un portemanteau, puis je me suis battue contre un châle de laine. Hum, hum. Rien de bien valorisant dans cette aventure. Je pousse un soupir. Mieux vaut retourner dans ma chambre, sur mon couvre-lit fleuri. Il ne m'arrivera rien d'excitant ici.

Je m'apprête à quitter la pièce quand un objet attire mon attention. Un vieux coffre de bois foncé, appuyé contre le mur couvert de laine isolante rose. La lampe de poche braquée sur le coffre, je m'approche, je l'ouvre. Un tourbillon de poussière m'attaque de nouveau. Atchoum, atchoum, atchoum, atchoum ! Au fond du coffre, il y a une boîte de carton gris. Rien d'autre. Curieuse, je la prends. J'enlève le couvercle. Un mince papier de soie recouvre... un chapeau. Un beau chapeau bleu, avec des oreilles attachées sur le dessus. Est-ce une coiffure

pour un safari? Un chapeau de détective?
À qui a-t-il bien pu appartenir? Que fait-il dans notre grenier? Chapeau, Marie-P!
Tu as enfin trouvé quelque chose de
mystérieux... Je sors le chapeau de la
boîte, le tourne
en tous sens et
découvre, glis-
sée entre la
couture et le
rebord intérieur,
une carte de vi-
site jaunie.

Gervais Paré
Privé
(555) 666-7777

Gervais Paré?

Mon grand-père?

Le père de mon père?

Je ne l'ai pas connu. Il est mort
quand j'étais bébé. Mais personne ne m'a
jamais dit qu'il était... privé. Et d'abord,
qu'est-ce que ça veut dire, privé? Vu le
dessin sur la carte, je parierais que mon
grand-père était détective privé. Hum!
Voilà qui est intrigant, pas vrai, NB?

Je mets le chapeau sur ma tête. Il ne me va pas très bien : il est un peu grand et ballotte sur mes cheveux longs. Mais en m'en coiffant, je devine que rien ne sera plus jamais pareil. Quelque chose de magique se produit... J'ai l'impression que de petites étincelles tourbillonnent autour de ma tête. D'un coup, il me semble que mon esprit se met à tourner plus vite. Mes méninges se transforment en hamsters déchaînés faisant tourner la roue de leur cage. En ce moment, NB, mes yeux brillent sûrement comme des paillettes tant je suis ravie de ma découverte !

Avant de refermer la boîte de carton gris qui contenait le chapeau, j'en parcours le fond avec le faisceau de ma lampe de poche. Un objet brillant se détache sur le papier de soie froissé. Une loupe. Une belle

> Je sens que ma vie va changer, NB !

loupe ronde et noire. Je la prends aussi. Coiffée de mon précieux chapeau, tenant dans mes mains la carte de Gervais Paré, sa loupe et ma lampe de poche, je sors du grenier. Pas trop vite, toutefois : j'ai encore les jambes toutes molles à cause de ma découverte et des picotements me parcourent la colonne vertébrale. Ma mission, maintenant : poser quelques questions à mes parents.

3
UNE GRANDE DÉCISION

21H03

Mon père n'est plus dans la cuisine. Maman est au téléphone. Quant à Victor-Étienne, devine où il est, NB ? Gagné ! Devant la télé !

21H04

Je trépigne d'impatience à côté de ma mère. Je soupire, tape du pied, tourne en rond. Rien à faire. Maman est encore au téléphone.

21H06

Maman est toujours au téléphone. Ça ne finira donc jamais?

21H07

Hourra! Joie! Victoire! Elle a raccroché! Au même moment, mon père arrive dans la cuisine, un sac de provisions dans les mains. Je m'empresse de brandir mes précieuses trouvailles devant mes parents.

– Regardez ce que j'ai découvert!

– Enlève cette vieillerie, Marie-Paillette, lance aussitôt maman, elle est toute poussiéreuse.

Il y a deux personnes au monde qui m'appellent Marie-Paillette. Mon père et ma mère. Mes amis m'appellent Marie-P.

Pour la magie, on repassera! Ma mère est plutôt du type terre à terre!

Mes professeurs ont toujours eu l'heureuse idée de m'appeler Marie Paré seulement, sans doute parce qu'ils ont peur d'éclater de rire en disant mon prénom complet. Je les comprends. Ah oui, j'oubliais : il y a aussi mon frère, Victor-Étienne, qui utilise mon vrai prénom quand il veut me faire fâcher. C'est-à-dire... très, très, très souvent.

Je demande à mes parents :

– Vous savez ce que c'est ?

– Une loupe, dit mon père.

Ah! les adultes! Jamais moyen de leur parler sérieusement!

– Une loupe, dit ma mère, exactement en même temps, ce qui les fait beaucoup rire.

J'insiste :

– Vous savez ce que ça fait dans notre grenier ?

– Bien sûr, affirme ma mère.

– C'était à mon père, précise papa.

– Il était privé ? Détective privé ?

Papa et maman font simplement oui de la tête, en haussant un peu les épaules, comme s'il était tout à fait banal d'avoir un détective dans la famille.

– Et personne n'a jamais cru bon de me le dire?

Je n'en reviens pas! Papa explique:

– Il ne l'a pas vraiment été, en fait, Marie-Paillette. Il aurait voulu l'être. C'était son rêve. Tout le monde a essayé de le décourager, de lui expliquer que c'est très difficile de gagner sa vie dans ce métier, mais il n'a écouté personne. Un jour, il a quitté l'emploi qu'il avait dans une banque pour lancer sa propre agence de détective. Un fiasco!... C'était une folie, bien sûr! Il a eu très peu de clients, et je me demande s'il a réussi à résoudre une seule affaire...

– Pauvre Gervais..., soupire ma mère. Il voulait tant que ça fonctionne!

Mon père conclut:

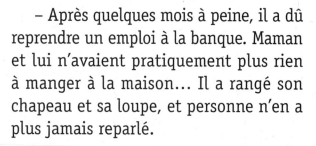

– Après quelques mois à peine, il a dû reprendre un emploi à la banque. Maman et lui n'avaient pratiquement plus rien à manger à la maison... Il a rangé son chapeau et sa loupe, et personne n'en a plus jamais reparlé.

C'est triste.

Vraiment triste.

Affreusement et terriblement triste.

– Pauvre grand-papa... Vous avez des photos ?

– De lui ? Des tonnes ! répond mon père.

Je précise :

– De lui quand il était détective...

Papa hésite, réfléchit, puis va au salon et revient avec un lourd album de cuir brun. Il le feuillette un bon moment et me tend finalement une photographie.

C'est alors que j'ai le deuxième grand choc de ma journée. Tu comprends pourquoi, bien sûr, NB.

Non ?

Tu ne remarques rien ?

C'est une blague ou quoi ?

SA POCHE ! Mon grand-père a dans la poche de son manteau un carnet identique à toi ! Exactement le même bleu ! J'en perds le souffle. Je dois moi-même commencer à devenir bleue, car mes parents me regardent d'un air inquiet.

Je fais un effort pour me remettre à respirer et je regarde la photo plus attentivement encore. Soudain, j'ai la nette impression que mon grand-père me fait un clin d'œil. Les étincelles sont de nouveau là à voleter autour de ma tête, les hamsters se remettent à tourner à toute vitesse dans leur cage, je sens mon esprit plus vif que jamais. Sur la photo, le sourire fier de mon grand-père ne s'adresse qu'à moi. Le message est clair : « Prends la relève, Marie-P. Je compte sur toi. » Après toutes ces années, j'ai le devoir de sauver l'honneur familial et de réaliser le rêve de grand-papa.

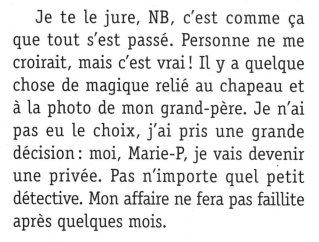

Je te le jure, NB, c'est comme ça que tout s'est passé. Personne ne me croirait, mais c'est vrai! Il y a quelque chose de magique relié au chapeau et à la photo de mon grand-père. Je n'ai pas eu le choix, j'ai pris une grande décision : moi, Marie-P, je vais devenir une privée. Pas n'importe quel petit détective. Mon affaire ne fera pas faillite après quelques mois.

Oh non...

Que non, que non, que non!

À partir de maintenant, et pour la vie, je serai la meilleure détective privée AU MONDE. Rien de moins. En l'honneur de mon grand-père.

4

UN DOUTE

Cher NB,

Deux jours déjà que j'ai découvert le chapeau et la loupe. Depuis ce temps, maman a un comportement étrange. Elle parle à voix basse avec mon père, qui n'arrête pas de lui lancer des sourires complices. Elle a aussi passé quelques coups de téléphone en fin d'après-midi, pour prendre des rendez-vous, je crois. C'est plutôt inhabituel. Étrange, même. Rien ne semble être comme d'habitude à la maison. À part bien sûr mon frère, Victor-Étienne, qui passe des heures devant la télévision sans dire un mot. Qui se précipite sur le téléphone chaque fois qu'une amie m'appelle. Qui accapare la salle de bain dès que j'en ai besoin. Qui... qui... et qui... Tu trouves que c'est assez, NB ? Je pourrais facilement remplir dix carnets comme toi seulement avec ce que mon frère fait de désagréable, et je n'exagère pas, hélas...

Il m'exaspère, mon frère!

Bref, je suis convaincue qu'il se passe quelque chose d'étrange chez moi. Mes parents sont toujours un peu bizarres, c'est vrai, mais ces temps-ci, ils le sont encore plus que d'habitude. Tu me connais, NB : je n'ai pas pu résister, j'ai élaboré un plan pour résoudre ce mystère. Je te raconte...

22H30

Mes parents sont enfin au lit et endormis. Je dois trouver un indice pour expliquer leur comportement. Je ne suis pas privée

pour rien, après tout. Une première mission pour Marie-P!

La maison est silencieuse depuis un bon moment déjà. Je me lève sans faire de bruit. Je m'empare de la lampe de poche que j'avais cachée sous mon drap. Je coiffe mon chapeau bleu. Avec mon pyjama fuchsia, l'effet est assez étonnant, je crois! Ça ne manque pas; dès que je mets ce chapeau sur ma tête, de petites étincelles jaillissent dans l'air, mon esprit semble soudain s'allumer, des frissons me parcourent

le dos. L'esprit de mon grand-père n'est pas bien loin, NB, je t'assure…

22H32

Je descends à la cuisine. Le souffle court, tendue, je sursaute au moindre bruit qui résonne dans la maison calme. Je scrute

le comptoir de la cuisine. Rien. Je me prends les pieds dans le sac d'ordures que ma mère a déposé près de la porte. Malheur! Je m'effondre au sol en faisant un vacarme terrible. Mes pieds éventrent le sac au passage et je vois des vidanges s'étaler sur le sol. Je braque ma lampe de poche sur le dégât. Horreur! De grosses gouttes rouges s'élargissent autour du sac crevé. Comme du ketchup. Ou de la sauce à spaghetti. Bien rouge et épaisse, comme celle que nous avons mangée au souper...

Un bruit me fait soudain sursauter. J'attends quelques secondes, le cœur battant. Je me mords les lèvres d'anxiété. Des pas résonnent dans la maison silencieuse. Oh non! Je me dépêche d'éteindre ma lampe de poche pour ne pas attirer l'attention, en priant pour que je ne trempe pas mes pantoufles dans la sauce à spaghetti. Ma mère va me découvrir, tapie près d'un sac d'ordures percé d'où s'évadent des vidanges, cachée derrière le comptoir de la cuisine. Qu'est-ce que je vais bien pouvoir lui dire ? Le bruit de pas lourds s'en vient lentement vers la cuisine. L'attente est insoutenable. Une silhouette se dessine dans la porte. Je retiens mon souffle, crispée, en petit bonhomme. Sans même allumer la lumière ni jeter un coup d'œil autour, mon frère, Victor-Étienne, entre dans la pièce, se dirige vers le réfrigérateur, l'ouvre, engouffre deux choux à la crème, boit du lait à même le carton et retourne au lit. Je suis sauvée, NB !

Mon cœur se remet à battre, je recommence à respirer. Je rallume ma lampe de poche... pour constater que ma prière a été exaucée : je n'ai pas mis les pieds dans la sauce. Mais on ne peut pas en dire autant de mon frère. Il n'a rien vu dans l'obscurité et de grosses empreintes rouge spaghetti sont maintenant étampées sur le sol, de la cuisine jusqu'à sa chambre. Je ris sous cape : j'ai hâte de voir quelle explication Victor-Étienne trouvera demain matin ! Pour ma part, je ne crains rien : je chausse du 4, mon frère du 9. Ces empreintes ne peuvent être qu'à lui !

Mais assez ricané, NB, j'ai une mission à accomplir ! Je sors de la cuisine sans bruit, vais fouiller les poches du manteau de mon père, accroché à la patère près de la porte d'entrée. Toujours rien. Nerveuse à l'idée d'être prise sur le fait, je plonge les doigts dans le sac à main de ma mère. À part son portefeuille, j'en ressors :

Un paquet de gommes.

Un billet de cinéma froissé.

Un paquet de mouchoirs.

Rien de bien utile, finalement. Je vais ensuite rôder du côté du salon. Aucun indice visible là non plus. J'enrage. Je *dois* réussir. Tout à coup, j'ai une idée (j'en ai souvent, je tiens à te le faire remarquer, NB, mais celle-là était simplement meilleure que les autres)! Je vais vers le téléphone placé sur la petite table dans le vestibule et... eurêka! Chapeau, Marie-P! Tu as trouvé!

Sur le bloc-notes, ma mère a griffonné:

R-V éch.

Demain, 8 h 20

« R-V »

Rendez-vous, je suppose.

« éch. »

Là, je l'avoue, je suis plus embêtée. Échalote? Échec? Échelle? Décidément, je ne trouve pas. Mais cette note confirme mes soupçons: mes parents me cachent bel et bien quelque chose. Si je n'étais pas aussi fatiguée, je trouverais sûrement la solution à l'instant... Mais tout ce que j'arrive à faire, pour le moment, c'est de bâiller (yaaaah!) et de bâiller encore plus fort (yaaaaaaaah!!!). Assez pour ce soir, je dois absolument dormir quelques heures (yaaaaaaaaaaaah!!!). Demain, j'aurai les idées claires, l'esprit frais, la loupe à la main et le chapeau sur la tête, et je poursuivrai mon enquête.

5
UNE DEMANDE

Cher NB,

Ce matin, je me suis levée tôt. J'ai réfléchi à ma stratégie. Je dois aller à l'école pour 8 h, je ne pourrai donc pas suivre ma mère et voir ce qu'elle a de si important à 8 h 20. Dommage... Maman est contre les moyens de transport polluants. Elle se déplace presque toujours à pied ou à vélo. Elle serait facile à filer. Moi, je ne peux pas la suivre, mais mon grand frère, par contre, va à l'école secondaire et commence ses cours à 9 h 15... Il pourrait sans doute me rendre ce « petit » service...

Je sais, ce n'est pas dans ses habitudes d'être gentil, mais je ne perds rien à essayer!

Je sors de ma chambre. Je vois Victor-Étienne à quatre pattes dans le corridor, qui frotte vigoureusement pour effacer ses traces de pas sur le plancher de bois. Heureusement pour lui, nous n'avons pas de tapis! Je lui dis d'un ton moqueur:

– Tu commences le ménage tôt!

– Chuuuuuuut! fait Victor-Étienne, affolé, en jetant un regard nerveux vers la chambre de mes parents.

Je comprends... Papa et maman n'ont rien vu encore. Je suis la seule à savoir que mon frère a dévalisé la cuisine cette nuit. Et lui ne sait pas, bien sûr, que c'est ma faute s'il y a de la sauce à spaghetti partout... C'est parfait pour mon plan! Je chuchote:

– Ne t'en fais pas, je ne dirai rien.

Et je file à la cuisine, sous les yeux étonnés de mon grand frère.

Quelques minutes plus tard, il s'installe devant moi pour déjeuner.

– Bon matin, cher Victor-Étienne!

Il grommelle quelque chose qui ressemble vaguement à « Salut ». C'est bon signe. Il est de bonne humeur ! Il est sûrement ravi que je ne l'aie pas dénoncé. D'habitude, le matin, il ne dit pas un mot. Munie de mon plus beau sourire, je demande :

– Bien dormi, frérot ?

Le plus beau sourire ne suffit pas. Il me regarde d'un air ahuri. Bon, j'exagère sans doute. Il ne faudrait pas que tout ça paraisse louche... J'arrête de lui sourire. Il semble déjà moins inquiet. Je chuchote :

– Tu ne trouves pas que papa est bizarre, ces temps-ci ?

Il croque la moitié de son toast au beurre d'arachide et agite mollement la tête de gauche à droite. Non.

– Tu as remarqué que maman l'est, au moins?

Il engloutit l'autre moitié en haussant les épaules. Non. Je soupire.

– Tu vois des mystères partout depuis que tu as ton fameux chapeau, lance mon frère, moqueur.

Mon cœur passe près de s'arrêter de battre.

Tu as compris pourquoi, NB, bien sûr.

Non?

Vraiment?

Rien qui t'étonne?

DOUZE! Mon frère Victor-Étienne a fait une phrase de DOUZE mots à 7 h 30 du matin! Une phrase adressée à moi... À moi à qui il ne parle jamais le matin, ou à peu près, et guère plus le reste de la journée. Il faut saisir l'occasion. Il est décidément d'une humeur exceptionnelle. Fonce, Marie-P!

Je lui tends une fiche que j'ai préparée un peu plus tôt ce matin, à mon réveil, à 5 h. Quoi, NB? Tu penses que se réveiller à 5 h du matin pour préparer une enquête est légèrement excessif? Pas du tout. Ça s'appelle être professionnelle, tu sauras. Je glisse donc sur la table la fiche suivante:

Nom de la cible: _____

_____

Lieux visités: _____

_____

Personnes rencontrées: _____

_____

Faits à noter: _____

_____

Victor-Étienne la regarde d'un air encore plus ahuri que tout à l'heure. C'est difficile à imaginer, je sais. Rendu là, je pense qu'un air « abruti » serait un terme plus juste, mais comme je suis sur le point de lui demander un service, je ne veux pas être trop dure. Mon frère regarde longuement la feuille. Il fronce les sourcils, interrogateur. Je murmure :

– Maman a un mystérieux rendez-vous à 8 h 20. Je ne sais pas avec qui. Ni où. Ni pourquoi. Mais une chose est sûre : il se passe des choses anormales dans la maison ces jours-ci.

Regard tout aussi vide de mon frère, qui ne semble pas du tout comprendre où je veux en venir.

Papa arrive dans la cuisine en sifflotant. Pendant qu'il se verse un café en babillant à notre intention, je m'empresse de chuchoter :

– Je t'ai rendu service en ne disant rien… à ton tour, maintenant. Si tu pouvais la suivre discrètement et remplir la fiche pour moi, ce serait vraiment gentil.

Victor-Étienne comprend tout à coup. Une petite lueur s'allume dans ses yeux. Puis il se met à tousser. Mon frère s'étouffe. Peut-être parce qu'il n'en revient pas que je lui demande un service. Ou parce qu'il n'arrive pas à croire que je lui propose de faire quelque chose de gentil. Ou peut-être simplement parce qu'il a tenté d'avaler tout son huitième toast au beurre d'arachide en une seule bouchée. Je ne sais pas pourquoi, mais je n'attends pas la réponse. Je file hors de la cuisine avant qu'il ait le temps de refuser ma demande.

6
UNE DISCUSSION

J'ai eu les lettres « R-V, éch. » en tête toute la journée, NB. Après l'école, je suis allée jouer chez mon amie Laurie un moment, mais le cœur n'y était pas. J'avais envie de rentrer chez moi pour poursuivre mon enquête. Je connais Victor-Étienne : je me disais que les chances qu'il ait fait la filature demandée étaient minces. Même en supposant qu'il l'ait faite, mon frère est tout à fait le genre à tout laisser tomber pour peu qu'une jolie fille passe dans le coin. Bref, comme tu vois, je n'y croyais pas trop. Pourtant, une surprise m'attendait chez moi... Attends, je te raconte.

J'arrive à la maison. Papa a les yeux brillants comme des paillettes. Maman a un sourire grand comme un arc-en-ciel. Victor-Étienne, lui, est assis à la table, en train d'engouffrer une collation. Il a les yeux baissés, il ne sourit pas, ne dit pas un mot et ne me regarde pas. La routine habituelle, quoi. Je cours jusqu'à ma chambre porter mon sac d'école et je vois sur ma commode... un carton, plié en deux. Je le prends d'une main fébrile et le déplie. La fiche !

Nom de la cible : maman
_____

Lieux visités : maman s'est rendue à l'hôpital
à 8h15

Personnes rencontrées : je ne sais pas, je n'ai
pas pu la suivre à l'intérieur, elle m'aurait vu
_____

Faits à noter : quand je suis reparti pour aller
à l'école (à 8h40), elle n'était pas encore ressortie
de l'hôpital

J'ai envie de sauter au cou de mon grand frère ! Il a beau jouer les durs, au fond, il est adorable !

Bon, j'exagère; peut-être pas adorable mais, disons, moins pire que je le pensais !

Je relis la fiche attentivement et je sens peu à peu l'inquiétude me gagner. Ma mère est allée à l'hôpital, sans en parler à personne...

Elle est donc malade. Mais pourquoi nous le cacherait-elle ? Parce que c'est très grave, sans doute. Ce qui explique les rendez-vous, les mystères, les appels téléphoniques. Mais ça n'explique pas les sourires complices que mon père lui fait, par contre. Malheur ! Mon père n'est peut-être pas au courant ? Ma mère a une maladie grave et ne lui en a pas parlé ?... Qui aurait cru que ma première enquête serait aussi terrible ? Je voulais éclaircir un mystère, moi, pas découvrir un drame.

Je file aussitôt à la cuisine. Papa y est, les yeux toujours aussi brillants.

Maman y est aussi, le même sourire béat accroché au visage. Vraiment étrange, ce sourire, vu ce que je sais maintenant... Elle cache bien son jeu. Victor-Étienne y est également, en train de manger la deuxième rangée du  sac de biscuits aux pépites de chocolat. Je commence par aller lui chuchoter à l'oreille :

– Merci pour la fiche !

Il se contente de grommeler, la bouche pleine, sans sourire ni rien. C'est bien ce que je disais : prétendre qu'il est adorable est exagéré.

Je me tourne ensuite vers mes parents.

– Papa, maman, il faut qu'on parle... C'est important.

Mes parents éclatent de rire. Ma mère déclare :

– C'est ce qu'on allait vous dire, mot pour mot ! C'est trop drôle !

Exactement au même moment, mon père lance :

– C'est justement ce qu'on voulait faire, vous parler.

Tu te rends compte, NB? J'ai des parents complètement insouciants!

Ils rient encore plus, heureux d'avoir pratiquement affirmé la même chose en même temps. Il n'y a pas à dire, ils gardent le moral, malgré la situation.

– Nous d'abord, propose maman.

– Vas-y, toi, murmure tendrement papa en la regardant, les joues roses d'excitation.

Ma mère se précipite vers son sac à main, posé sur la table du vestibule, et elle revient vers nous en sortant une photo en noir et blanc de son porte-feuille. Une photo, c'est un bien grand mot... (seulement cinq lettres, pourtant). Dire qu'elle tient entre ses mains une image serait plus juste. Une feuille avec quelque chose en noir et blanc dessus. Difficile de dire quoi. Elle nous tend la chose en question.

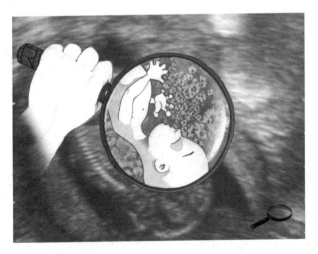

– Surprise ! crie maman.

– Est-il assez beau ? ! s'exclame papa.

– Il est superbe, confirme ma mère.

Je regarde la photo dans tous les sens sans être sûre de bien comprendre pourquoi mes parents sont en pleine extase. Une idée me vient soudain : je cours dans ma chambre chercher la loupe de mon grand-père. Je la place sur la photo en question. Ah oui, c'est un peu mieux...

Mes parents éclatent de rire en me voyant faire. Victor-Étienne réagit plutôt d'un ton méprisant :

– Franchement, Marie-Paillette! C'est pourtant évident... On a vu ça à l'école. C'est un fœtus, non?

Papa hoche la tête, heureux.

Maman fait pareil et ajoute:

– Comme j'avais fait trois fausses couches ces dernières années, on ne voulait pas vous en parler avant d'être certains que tout allait bien. Mais voilà, j'ai rencontré le médecin, j'ai passé de nombreux tests, j'ai eu une échographie aujourd'hui, et tout est parfait. Je suis en pleine forme et lui aussi.

Une échographie? Les mystérieuses lettres «éch.», c'était donc ça?

Papa se rend compte que je ne suis pas certaine de tout bien saisir et il précise doucement:

– Vous allez avoir un frère, Marie-Paillette...

Je bredouille:

– Un... un autre?

Tout le monde éclate de rire.

– Bien sûr, un autre! Comment pourrions-nous l'appeler? demande maman.

– Quelque chose dans la lignée de Marie-Paillette, dit papa. J'adore ce prénom. C'est unique et original. Ça nous ressemble, non?

– Que penses-tu de Manuel-Soleil? propose maman.

– Ou Éric-Rayon? suggère papa.

– Ou encore... Brillant? lance maman. Charles-Brillant?

Mon père hésite. Avant qu'on ait le temps de dire quoi que ce soit, Victor-Étienne ou moi, il sourit à pleines dents.

– C'est charmant.

– C'est mignon, ajoute maman.

– C'est original, souligne papa.

– C'est même... brillant! s'exclame ma mère.

Soupir.

Victor-Étienne, Marie-Paillette et Charles-Brillant.

Oh non! Ça recommence!!!

Que voulais-tu que je dise, cher NB? J'ai fait comme mes parents, j'ai éclaté de rire. Mais je suis prête à parier que quelqu'un va rapidement se faire appeler Charles-B!

Je suis revenue dans ma chambre pour noter tous les détails sur tes pages blanches. J'ai mis mon chapeau bleu et je suis en train de t'écrire. Je lève les yeux et jette un regard à la photo de mon grand-père. Aucun doute, une fois de plus, NB: grand-papa me lance un clin d'œil ravi! Je l'ai bel et bien vu! De petites étincelles magiques envahissent ma chambre. Je fais à mon tour un clin d'œil à la photo et je dis à mon grand-père, d'une voix grave:

– On m'appelle Marie-P Paré, détective privée.

Ma première enquête est terminée. Heureuse, je laisse échapper un grand éclat de rire. Et j'en suis sûre, NB, le sourire de grand-papa s'élargit sur la photo.

MOT DE L'AUTEURE

Pour être détective, il faut une qualité essentielle : avoir de l'imagination... On doit pouvoir imaginer ce qui s'est passé, deviner qui est le coupable, élaborer des scénarios. Pour être écrivain, il faut aussi une qualité essentielle : avoir de l'imagination ! Pour les mêmes raisons : trouver un scénario, un coupable, une histoire. Pas étonnant que Marie-P et moi, on se soit tout de suite bien entendues!

© Anaïe Gouffé

Dès que j'ai pensé au personnage de Marie-P, je m'y suis attachée... et aussi un peu identifiée ! Elle ressemble à l'enfant que j'étais : toujours prête à s'inventer des histoires et à voir des mystères partout ! Elle ressemble aussi à la « grande » que je suis devenue : plutôt curieuse, un brin moqueuse... et sans contredit active ! La preuve ? Au cours des dix dernières années, en plus de donner naissance à deux filles et de rencontrer de nombreux lecteurs partout au Québec et au Canada, j'ai trouvé le temps d'écrire 25 romans ! Et je suis certaine que Marie-P saura m'inspirer plusieurs nouvelles aventures... Alors, au boulot, Martine !

MOT DE L'ILLUSTRATEUR

Je n'ai pas eu de grand-père détective privé, encore moins de grand-mère agent secret ou d'oncle inspecteur Gadget! Mon grand-père était corroyeur... Quand j'étais petit, je croyais que son métier consistait à courir toute la journée. À l'inverse de  Marie-P, moi, je n'avais pas du tout envie de faire ce travail-là plus tard! Imaginez: courir sans raison de 8 h du matin à 5 h du soir, avec juste une pause à midi pour avaler un sandwich. Fiou!!! Il y a juste ma chatte qui fait ça et je ne saisis toujours pas pourquoi (courir, pas avaler des sandwichs... sauf s'ils sont au thon).

Bref, j'ai fini par comprendre, en ne voyant jamais mon grand-père faire la course, que son travail n'avait rien à voir avec le marathon. Le corroyeur exerçait un métier artisanal aujourd'hui disparu, qui consistait à travailler le cuir à la main et à en fabriquer des objets comme des sacs, des mallettes, etc.

Un peu comme mon grand-père, j'exerce aujourd'hui un métier artisanal, qui consiste à faire des dessins pour illustrer des livres. Marie-Paillette, oups, non, Marie-P a décidé de poursuivre la vocation de son grand-père et moi, j'ai fait un peu la même chose... mais je n'ai pas besoin d'un grand chapeau pour dessiner.

LES AVENTURES DE MARIE-P

Auteure : Martine Latulippe
Illustrateur : Fabrice Boulanger

1. Chapeau, Marie-P !
2. Au boulot, Marie-P !
3. Au voleur, Marie-P !
4. Au secours, Marie-P !

Tu as trouvé les cinq lettres cachées ?
Va vite vérifier sur mon site
www.mariepdetective.ca

si tu as trouvé la bonne réponse !